수많은 당신들 앞에 또 다른 당신이 되어

이송희 시집

시인동네 시인선 124

이송희 시집

수많은 당신들 앞에 또 다른 당신이 되어

시인동네

마지막 눈빛이 기억나지 않는다.

당신과 걷던 길이 스르르 녹아내리면
구겨진 원고지를 펼쳐
내 젖은 몸에 덮는다.

2020년 봄

이송희

차례

제2부

제3부

제4부

제1부

암전

당신은 캄캄하게 말을 집어삼켰어

벽과 벽을 더듬어 문을 찾아 헤맬수록 발은 더 깊이 빠져 헤어날 수 없었어 묻어버린 수사들은 기억 속에 잠겼고 꺼내려 할수록 가라앉아 버렸어 침묵은 침묵을 낳고 또 침묵을 키워갔어 사월은 화려했고 오월은 더 빛났지만 그해의 봄날은 하얗게 지워졌어 떠올리려 할수록 색은 더 지워지고 네가 있던 풍경도 사라지고 말았어

어둠은 활활 타올라 너와 나를 삼켜버렸어

식탁

당신을 보내고 당신과 마주한 저녁

잘 익은 푸딩처럼 부풀어 오른 침묵이

겹겹의 접시에 담겨
한숨으로 번진다

한 조각 울음이 입 안에 머무는 동안

자꾸 고이는 눈물
가슴을 휘젓고

때때로 모서리에 닿는
물렁한 말과 뼈들

식탁 위 허기 한 줌을 강물에 뿌리던 날

당신을 몸속에 품고 번지는 물 주름들

\>

접혀진 결과 결 사이

또 하루가 감긴다

유리벽

너에게 가는 길은 굳게 잠겨 있었어

나를 보는 표정은 투명하고 맑았지만

따스한 얼굴에 가린
수천 개의 칼날들

그 날 선 문장에 찔려 휘청거린 어느 날

나라고 믿었던 넌 또 다른 벽이었고

차갑게 심장 속으로
칼바람이 일었어

아무 일 없었다는 듯 네 얼굴엔 빛이 났고

그 흔한 위로도 없이 내 앞을 가로막았어

>

투명한 세상 속에는

눈송이만 흩날렸어

데이트

우리는 서로를 암호로 부른다
만남은 부러진 합판처럼 쌓이고
숨겨둔 이름과 나이도
우리의 사랑이다

당신의 사랑은 일그러져 내게 왔다
사랑하기 위해서 내 발목을 잠그고
골방에 가두어가며
머릿속을 파헤친다

뮤지컬 배우처럼 사랑을 노래한 그
방바닥을 두드리고 소리를 지른다
내 눈에 핏물 흐를 때
깊어가는 그의 사랑

압화

장미꽃이 피어 있었어
가장자리가 환했었지

웃음을 나눴던 우린
여전히 초록이었어

시간은 멈춰 있었어
흔적으로 눌린 기억

나란히 손잡은 채
반듯하게 누워서

겹겹이 소원을 빌며
글자를 새겼어

우리는 입을 다문 채
아름답게 짓눌렸어

블랙

도무지 네 속셈은 알 수가 없었어

안 보이는 눈빛과
입 안에 감춘 말들

그 까만 혓바닥에서 칼바람이 일었어

소리들을 입에 문 채
문 밖에 귀를 댄 너

남몰래 뒷모습을 훔쳐보며 베껴갔어

불안한 침묵 하나가 빈방에 웅크렸어

가녀린 손발 묶고
두 눈을 가리던 너

겁에 질린 낯선 내가 거울 속에 숨었어

>

창밖엔

달빛 한 조각

머물지 않았어

유리잔을 마주하다

당신은 늘 불안한
당신을 감싼다

잘 지내고 있나요
안부가 출렁인 순간

어느새 실금이 간다
믿음이 벌어지듯

고요가 깨진 자리에 쏟아진 목소리
복받친 말들이 아주 잠시 반짝였다

오래된 기억들이 툭,
부서져 버린 시간

적막한 이 순간을 참을 수 없었을까
내지른 소리들이 손끝에 박힌다

>

노래가 그치는 순간
음악들이 멎는다

바닥에 대한 단상

털썩, 주저앉고서야 처음 너를 보았어

차갑게 누워버린 절망의 담벼락을
한없이 꺼져만 가는
옥탑방 바닥을

팔 베고 누우면
천장이 바닥이 되고
우르르 무너진 하늘 별빛도 숨었는가

겨울의 파편 속에서 밤은 더 깊어진다

겹겹이 쌓인 한숨을 하나씩 거둬낸다
내 무릎을 받아주던 너를 끌어안으면

바닥은 부스스 일어나
길이 되기 시작했다

바닥의 계보

그녀의 바닥은 살얼음이 깔려 있다
뒤척이는 시간마다 엇박자로 뛰는 심장
막다른 골목 끝에서 길이 되고 싶었을까

바람이 앉았던 곳을 들추고 가는 햇살
얇아진 그녀 몸이 허공에 나부끼면
깊어진 어둠 속으로 울음을 비워낸다

컵

네 속이 환히 보여 견딜 수 없었다고

탁자 위 어슷하게 오후가 저물자

모조리 빈말뿐이던
그의 말도 비운다

네 몸에 나를 맞추며 나를 쏟아붓던 날

내 몸의 향기에 취해
그는 나를 비웠다

네 삶의 각본에 갇힌
내 꿈은 출렁였다

사라진 내 목소리 찾을 길이 없었다

비워진 허공마다 입술의 흔적들이

>

방 안에 쪼그려 앉은

혼잣말을 삼킨다

터미널

바람의 행선지엔 탑승객이 적었다

어디로 가는지를 묻지도 않은 채

눈물이 가자는 대로
그저 몸을 실었다

그 어떤 말이라도 해야 할까 싶었지만

쾅 닫힌 문에 끼어 말마디가 잘리면서

마지막 자존심으로
그를 돌아 나왔던 밤

처음도 끝도 아닌 시간에 발이 묶여

수없이 떠났지만 한 번도 못 떠난 곳

이윽고 버스 한 대가
바람재에 이른다

시간선(時間線)*을 맞추다

왔던 길을 놓치고 골목을 헤맬 때면
길들은 온몸으로 삐걱이며 울었고

어긋난 약속 앞에서
속절없이 기다렸다

구부러진 시침에 가까스로 얹은 분침
억지로 끼워 맞춘 몇 개의 알리바이

구멍 난 플래카드에
숱한 말이 들락거렸다

불신의 낱말들이 뒹구는 외진 골목
녹슨 채 잠겨 있는 철대문의 자물통

기억은 아주 더디게
무너진 몸 일으킨다

---

*시간선: 과거-현재-미래를 연결하는 가상적인 선.

우편함

몇 년째 그녀 방엔 고지서만 쌓여갔다
전기세와 가스비에 혼잣말과 한숨까지
우표도
안 붙인 안부들이
먼지처럼 쌓인다

실시간 부는 바람이 창문을 두드리자
창 틈새로 들어오는 시큼한 울음소리

서서히 그리운 것들을
가슴에 넣을 때다

먼지 낀 거울 속에는 헝클어진 문장들
말을 잃은 노인이 우두커니 앉아 있다
오늘도 침묵 하나가
고딕체로 늙어간다

외눈

한쪽 눈을 잃고서야
양쪽 눈을 얻었다

한쪽만 바라보며
한쪽으로만 걸었던

외골수 외길의 시간,
외롭고도 더딘 길들

흑백의 담장 앞에서 밀고 당기며 새던 밤
앞에서 달려오는 그의 말을 자르던

편견의 깊은 동굴 속
뼈아픈 밤의 소리

이제 나는 외눈으로 내 깊숙한 곳을 본다
한쪽 눈에 담겨지는 더 넓은 들판을

>

너와 나, 우리 사이를
가로지르는 말의 세계

펜

오늘도 허기졌다
할 말을 다 쏟고 나니

입 안에 담아둔 말은
정작 하지 못했다

한 방울
진한 슬픔이
점점이 묻어나온다

제2부

옐로우

반짝임을 향하여 타오르는 해바라기
그 까만 심장이 품은 은밀한 숨소리
화사한 표정에 감춘 욕망을 키워갔죠

얼마나 달려가야 저곳에 닿을까요?

황금빛 옷자락 휘날리는 꿈을 꾸며
날마다 복권을 긁어 행운 비는 손가락들

누군가의 등을 밟고 내다본 담장 너머
더 빨리 해가 뜨고 빛이 더 잘 자라는 곳

눈부신 당신 앞에서 고분고분 조아려요

카니발

당신이 떠난 자리, 먼지가 자욱하다

나도 잠시 거기에서
부표처럼 떠 있는데

이따금 얼룩진 창밖으로 바다가 보였다

기억의 모퉁이는 그믐처럼 닳아졌다

당신을 묶었던 쇠사슬은 녹이 슬어

도무지 열리지 않는
자물통 같은 시간들

불 꺼진 심장을 식탁 위에 올려놓는다

\>

앙상한 흑백의 밤과 낮을 배경으로

먼 바다 빗방울들이
후드득 쏟아진다

잃어버린 열쇠

장마 지던 칠월이었다
마지막 문 잠근 건

굳게 닫힌 문 앞에서
서성이던 발자국

스르르
보이지 않은 곳으로
밤길은 뻗어 갔다

맞은편 빌라 앞에 쪼그린 길 고양이

먼지 쌓인 바닥엔 또 하나의 적막이 눕고

되돌아 걸어온 길은
캄캄하게 잠겼다

몇 달 전 떠나간 그녀의 전화번호

빗물에 젖어버린 목소리가 맴돌았다

인기척 하나도 없는
겹겹의 문 밖에 선다

팔월

이곳은 뜨거운 말들의 태생지

펄펄 끓던 기억이 열꽃으로 번지면서

그들은 양철지붕에 뜨겁게 녹아내렸다

한순간 하얗게 탄 우림(雨林)의 시간들

당신이 잠든 동안 계절이 몸을 섞고

적도(赤道)를 지나간 뒤에 겨울이 서둘러 왔다

여름, 비에 젖다

당신의 비명이
문틈으로 스민다

뜨겁게 피어나는 이마 위의 열꽃들

문장은 종유석처럼
창날 되어 매달린다

바람이 끌고 온
울음의 뿌리에는

둑을 금 가게 할 기억들이 담겨 있어

이별 뒤
길을 내는 햇살
발밑에 홍건하다

사막의 표정

지나간 길들을 되묻지 않기로 했다
부정하면 할수록 빠져드는 모래의 늪

해고된 통지서 위로
한숨이 흘러내렸다

맨발에 와 닿는 까칠하고 매서운 감각

산산이 날아간 마음,
발 시린 시간들

바람은 길의 자국을 순식간에 지웠다

바다의 기억 품고 잠이 든 모래알은
허기지고 마른 밤들을 잊고 또 잃었을까

저 멀리 떠나간 사랑이
신기루로 떠 있다

>

모래바람 속으로 사라져간 낙타처럼
온몸에 가시 세우며 붉은 능선 따라간다

길들은 다시 넘어져
사막으로 눕는다

화장

마지막엔 그가 머물던
동네를 돌아 나왔다

쪽방촌을 밀어내고 아파트가 들어선 뒤

갈 곳을 잃어버린 그는 분가루처럼 떠다녔다

굴뚝의 연기처럼
사내는 흩어졌다

신발 뒤축 눌러 신으며
공사장을 전전하던 그

시든 풀 한 포기가 되어
낡은 계단에 서 있다

다 풀린 시계태엽, 되감을 수 없는 사랑

>

더 이상 견딜 수 없을 땐

노래를 부르라던

멀리서 그의 노래가

화사하게 흩날린다

태풍이 지나간 뒤

유리창에 금이 갔다, 약속이 어긋난 채
간신히 매달려 있던 창틀마저 떨어졌다

찢어진 몸과 마음이
너덜너덜 흩날렸다

몇 조각 비명이 아래로 치닫는 순간
와르르 무너져 내린 우리의 속삭임

흩어진 파편 속에서
반짝반짝 빛났다

겹겹의 소리에 찔려 하얗게 물든 저녁
등 돌린 고백들은 입술을 다물었다

아무 일 없었던 듯이
꿋꿋하게 부서진다

선인장

그녀의 목소리는 쭈글쭈글 말라갔다
팔라우 섬에서 피 쏟던 시간들

상처를 문지를 때마다
가시들이 돋아났다

그 붉은 심장 속에 고요하게 피던 울음
울음을 파먹으며 얼마를 더 울었을까

견고한 그 길 끝에는
긴 울음이 덜컹인다

돌아올 수 없는 날이 침대에 뒤척인다
풀어진 눈동자에 아파 눕던 그 위안소

한 생이 가시로 돋아
눈물 젖은 별이 뜬다

화이트

이제 그만 떠날 것이다
몸을 벗고 가볍게

닿을 수 없는 곳으로 그는 흩날렸고
다녀간 흔적도 없이 길들이 지워졌다

방 안에 수북하던 기침을 삼키고
두고 온 울음을 털어
바람에 뿌린다

성에 낀 창문 밖으로 몰아치던 눈보라

서른아홉 해 생일이
조용히 지나간다

새벽녘 강가에
고개 숙인 꽃 몇 송이

>

막잔의 슬픔을 비우면

소리가 잠긴다

꽃잎의 시간

1
기어이 눈 감았다
또 하나의 숨이 졌다

끝끝내 못한 말들
강물에 뿌려졌다

한평생
노동의 새벽
힘겹게도 살던 사람

2
꽃잎은
그대 흘린
마지막 눈물인가

밤샘하던 기계 사이
피었다 지는 불꽃

그렇게 페달을 밟자
내 아이가 자랐다

3
서서히 문 열린다
광장에 달이 뜬다

수백 수천 불 켜지고
함성이 이어진다

시들은
꽃잎들마다
달빛이 스며든다

액자

액자 속엔 귀를 감싼 당신이 살고 있다

수십 장의 얼굴을 가진 고흐의 자화상

여럿의 표정 뒤에서 스스로를 품었던

해바라기 목 꺾은 날, 하늘을 덧칠했지

이명처럼 떠돌던 까마귀 떼 짖어대자

그 까만 소리를 자른 그의 붉은 손가락

고요해진 밀밭 사이로 저무는 숨결 따라

겹겹의 울음을 품은 별들이 눈을 뜬다

두 귀를 가진 사람들, 액자 밖에 서 있다

소나기

그녀의 목소리는 흠뻑 젖어 있었다

언젠가, 불현듯, 날 다녀간 그녀가 따귀를 후려치고 도망가
던 그녀가 널 믿지 못하겠다며 퍼붓던 그녀가 폭염 사이로 내
뱉던 짧은 말들이, 벼랑으로 몰아붙이던 맵디매운 말들이, 어
느새 내 몸속으로 스며들던 말들이

지독한 열병 속으로 투명하게 갇힌다

엑스트라

오늘은 빈병 주워 끼니를 때우는 배역

구부정한 길들이 우거진 이 무대에

한평생 삐꺼덕거리며
얼마를 걸었던가

폐지를 주워 나르던 지난겨울 골목도

귀를 에던 눈보라에 눈 감고 버텼던가

한밤을 내린 눈들이
발자국을 지웠다

침침한 눈으로 겨우 꿰맨 하루하루

절뚝이는 심장 소리 뚜벅뚜벅 걸어온다

일용직 고단한 문장이

시린 뼈를 읽고 간다

레드

새들의 자백을 받아낼 차례다
충혈된 그 눈빛이 우리를 의심했고
날이 선 혓바닥으로 독기를 내뿜었다

붉은 벽과 바닥에 깔려 싸늘한 목소리
그 붉은 기운이 자꾸 목을 졸랐다

좀처럼 캐낼 수 없던 한여름의 알리바이

순순히 여름은 물러서지 않았고
갈피에 꽂아 둔 가을은 오지 않았다
마음만 비에 젖은 채
활활 타고 있었다

제3부

인형놀이

아이는 오늘도 저녁이 무섭다
바닥에 던지고 발로 밟던 아버지
큰 손이 입을 막듯이 틀어막는 아이의 꿈

찢겨진 아이 몸이 비명을 지른다
울음도 힘이 없어 담장을 못 넘는 밤
파랗게 멍든 아이가 일기장에서 걸어 나온다

빗방울이 창을 두드리자 아이가 움츠린다
목 졸린 기억이 두 손을 꽁꽁 묶고
차디찬 맨발 하나가 부르르 떨고 있다

그날

그날, 아버지는 출근하지 않았다
어머니는 백화점에 일하러 나갔고
언니는 공무원 시험 준비로 도서관에 다녔다
오빠는 무직으로 서른을 훌쩍 넘겼고
술잔을 비우며 마음을 훌훌 비웠다
속없는 언니 오빠들만 술집 앞에 서성였다
그날 나는, 강의실에서 이성복을 만났다
모두 병들었는데 아무도 아프지 않다던*
그날이 그날 같은 날, 우리는 종강했다
알바에 늦을까봐 뛰어가는 학생들
어디로 흘러가는 시간에는 문이 없다
미래의 공무원들만 도서관을 메웠다

---

*이성복의 시 「그날」 인용.

모노드라마

시침은 째깍이며 자정을 넘고 있어
식은 밥이 말라붙어 식탁 위에 놓여 있고
아이는 귀를 막은 채 소리들을 지웠어

아버지 발소리가 현관 앞에 멈추면
웅크린 그림자를 식탁보로 가려봐도
두들겨 맞은 어둠이 피멍 들어 쓰러진 밤

숨죽인 신음들을 방 안에 남겨놓고
이생과 작별하려 창문을 열 때마다
등뼈가 굽은 바람이 서럽게 울어댔어

열리지 않는 가방

자 이제, 나를 숨길 큰 가방 준비해요
엄마 몰래 숨어들어 내 몸을 돌돌 말고

아무도 찾지 못하게
지퍼를 올려요

공처럼 웅크려 앉아 잠이 든 겨울밤
햇살 한 줌 들지 않은 아늑한 방 안에는

아빠의
무서운 표정과
채찍도 없어요

밤새워 침묵으로 써 내려간 문장 속엔
피멍 든 자국들이 화석처럼 남았어요

한 번도
내뱉지 못한

마음의 소리들

반쯤 열린 지퍼 너머 세상을 바라봐요
들키지 않으려고 몸을 납작 엎드리며

말문을 닫은 자리에
이제 싹이 돋아나요

사각지대

교복 입은 사내들이 명령을 잡고 오른다

방과 후 옥상에 싸늘하게 깔리는 어둠

바람은 제 방식대로 몸을 몰아 붙였다

부러진 이빨 사이 발음이 흘러내리자

누군가 흉내를 내며 풍선껌을 씹었고

피멍을 사진 찍으며 낄낄대고 웃었다

충혈된 결막으로 타들어간 담배꽁초

피지도 못한 꽃들이 화분에 꽂혀 있다

교실은 인기척 없이 고요하게 잠들었다

\>

어제의 일기는 유서가 되었을까

책갈피에 쏟아졌던 코피가 말라갈 때

일진이 좋지 않은 날, 칼날이 파고든다

가위

사내는 내 말을 자르고 나갔다
너덜대던 말마디가 널브러진 그 바닥
책상이 있던 자리엔 승진 축하 화분이 왔다

갈기갈기 잘린 손이 붙들던 바짓가랑이
사내는 내 부탁을 냉정하게 잘랐고
떨어져 나간 말들은 아프지 않았다

오려진 손을 잡고 아내가 위로했다
목 잘린 하루가 허공에 매달린 밤
길 잃은 별똥별들이 눈발처럼 흩날린다

불안한 골목

여자는 뿌리 잃고 화분 속에서 시든다
쭈글쭈글한 손과 발, 기울어진 등허리
어둠이 무릎 사이로 스멀스멀 기어온다

주름진 입술을 오므렸다 펼 때마다
어긋난 문짝처럼 삐걱이던 골목길
모두가 떠난 방 안에 금이 간 유리창

이마엔 판화처럼 새벽별이 새겨지고
바람 한 점 없어도 덜컹거리는 창문들
바닥엔 흐린 구름이 켜켜이 쌓여간다

아무 일 없던 것처럼

사건이 터지자 흔적조차 사라졌다

너라고 믿은 것들 순식간에 흔들리고

뒤에서 웅성거리는 말조차도 끊겼다

당신은 갑이 되고 천장이 바닥이 된

겹겹의 잔해 속에 시간은 멈춰 섰다

우리는 바닥에 깔려 천장을 두드렸다

블랙박스 안에서 갑옷 입은 그가 나오자

그의 팔에 매달렸던 그녀들이 흘러내렸다

아무 일 없다는 듯이 낙하산을 펼쳤다

\>

현기증에 쓰러질 때 그는 이미 가고 없다

가면 쓴 누군가가 다른 갑옷 두른 채

. 양쪽에 그녀를 입고 다정하게 웃고 있다

성냥개비 하나가

성냥개비 하나가 나이를 완성한다

생일을 축하한다
마지막이라 생각했다

아무 날, 누구도 모르는 기억되지 않은 날

버려지고 잊힌 생일을 입고 쓰며
조금씩 자라는 촛불, 노래가 흔들릴 때

1인실 병실 내부가
아주 잠깐 부푼다

날마다 생일인 오늘,
케이크를 나눠 먹으며

불 꺼진 초의 개수를 자꾸만 세어본다

>

엄마가 얼굴을 가리고
내 옆을 스쳐간다

군함도

갱도 저 깊은 곳 말라붙은 나무껍질
그 검은 상처를 캐며 분노를 감춘다

소년의 찢긴 꿈들이
그 섬에 갇혀 있다

싱그런 유년기가 폐광이 되어가고
막장에 내몰려 굳은 사랑 한 줄기

겹겹의 안개에 갇혀
내젓는 검은 손

그릇의 시간

크기가 제각각인 그릇들을 정리한다
이 빠지고 닳아진 그릇들 속에서
참 오래 달그락거리며
담아내고 비웠던 몸

그릇이 못 된다는 말에 가슴엔 금이 갔다
그릇 안에 들어가 그릇이 되려 했던
나 이제 나를 담았던
작은 몸을 벗는다

진정한 큰 그릇은 둘레만 남는다
언제든 깨지기 쉬운
불안한 몸들을
겹겹이 포개 안은 채 단단하게 감싼다

흑백

여전히 그곳에는 꽃이 활짝 피어 있다

바람 한 점 흐르지 않고
소리는 닫혔지만

오월의
생생한 웃음과
떠오르던 풍선들

당신의 무덤에서 걸어 나온 사람들

차디찬 손들과 악수하고 눈 맞추며

희미한
기억 속에서
나를 자꾸 찾았다

언젠가 본 적이 있는, 익숙한 얼굴 앞에

죽어서 더욱 빛나는 이름을 새긴다

흑백의 배경 속으로
우린 또 들어간다

세탁 중입니다

때 절은 하루를 세탁기에 넣는다
먼지 낀 내 눈과 끌려다닌 발까지
밖에서 돌아온 몸들이 뒤엉키며 돌아간다

우울한 저녁마다 물 뿌리고 씻어내며
어디선가 떠돌다 왔을 몸과 몸이 섞인다
길들은 풀어지면서 다시 감겨 돌아가고

어느덧 잘 마른 내가 세탁기에서 걸어 나온다
이제 나는 그를 넣어 버튼을 누르고
왔던 길, 반대편에서 그가 오길 기다린다

행복 익스프레스

몸에 붙인 가구들을 떼어내는 중이다
어긋난 문짝이 먼저 잘려 나가고
휘우듬 기운 침대가 들려서 나갔다

온 집안 구석구석 몸을 끼워 맞추던
삼십 년 낮과 밤이 째깍째깍 흐른다
아찔한 고가사다리 미끄러진 세간들

현관도 응접실도 들려 나간 자리에는
흙 묻는 마음들이 단단하게 묶여 있다
버려진 짐들은 지금 새집 찾는 중이다

종이컵

아직도 삼켜야 할 말들이 남았는가

얼마나 더 부어야 네 속이 채워질까

그 오랜 기다림으로 차오르는
우물 하나

제4부

벌레들

달달한 맛에 빠져
시간만 갉아 먹었죠

서로의 얼굴을 보며
징그럽다 소리치던

그 낯선 풍경 속에서
먹고 싸고 늙어갔죠

활자로만 꿈틀대는 책 속의 카프카

시멘트벽 틈 사이
아늑하고 습한 방엔

몇 개의 밥그릇들만
쌓여가고 있어요

시간의 문

노인은 구부려 앉아 구멍을 깁고 있다

벌어진 틈새를 비집는 바람 소리 떨리는 문풍지에 숭숭숭 구멍 뚫고 뼈마디 마디마다 한 땀 한 땀 박히는 눈발, 지나온 길은 활처럼 휘어지고 움푹 팬 눈 속에 침침하게 고이는 달, 흐릿한 구멍에 갇혀 혼잣말을 태운다 낡은 문 밖에는 기침 소리 자욱하고 인기척 없는 밤을 밤새도록 깁고 있다

휘우듬 저문 들판을 노인 홀로 걸어간다

십이월

당신의 목소리에 냉기가 서린다
입술을 떼어내고 가슴을 밀어낸 당신

우리는 벌어지면서
몸을 끼워 맞춘다

뒤꿈치가 가렵다고 누군가 말할 때
뒤틀린 마음 틈새로 굵어지는 눈발들

마지막 맺힌 말 하나
허공에 매달린다

자꾸 뒤를 볼수록 길은 더 멀어지고
무거운 몸을 비우며 그림자가 짧아진다

수많은 당신들 앞에
또 다른 당신이 되어

빨대를 꽂다

누군가 내 몸에
빨대를 꽂는다

마지막 한 방울까지 남김없이 스르르

다 빨린 주스 팩 하나
양 볼이 홀쭉하다

가죽만 남은 몸에 꽂혀 있는 빨대가

허공을 빨아들인다,
빈 욕망에 고독을.

내 몸을 빨아들였던
당신들이 빨려든다

물기를 다 털리고 버려지는 이름들

\>

바람에,
물결에 실려,
떠도는 곳마다

빈 빨대 화살이 되어
온몸에 박힌다

첫눈

그녀의 빈방에
검은 눈이 내린다

하염없이 앉았던 자리 덮고 또 덮으며

이 밤을 다녀간 것은
작고 흰 발자국

막 태어난 그리움은 허공에서 자란다

얼음이 된 사랑과
물이 된 그리움

사르르 녹아내리는
화석이 된 울음을

구멍

의사는 아버지 배에 구멍을 뚫었다
안으로 키운 혹이 길을 죄다 막았단다

숨 고를 시간도 없이
바람 불던 그해 겨울

고여 있던 울음은 얼음이 되었을까
좀처럼 녹지 않는 통증의 세포들

겨울은 구멍 속에서
서서히 깊어갔다

구멍의 입구에는 밥풀처럼 마른 눈발
바람도 안 드는 곳, 앙상하게 누워 있다

뾰족한 어둠에 찔려
가시만 남은 자리

평균대에 서다

남자는 평균대 위에 평생을 서 있었다

두 팔이 흔들리자 짧은 생이 휘청이고

외발로 펼치던 곡예,
허공이 움찔한다

그는 늘 반어적으로 넘어질 듯 걷는다

내려가면 잃을 것 같은 은유의 줄기들

불안을 꼭 쥔 손 하나,
균형을 잡는다

평형을 지키기 위해 수위를 낮추고

수없이 허우적거리다 마침내 착지하면

\>

발등에 빗방울들이
후드득 떨어진다

힘 빼고 천천히 두 발을 옮기면서

맨발이 감지하는 몸의 통점 읽는다

긴장된 표정 몇 개가
불안하게 서 있다

심우장(尋牛莊)에서

성북동 골짜기
만해를 찾아간다

잃어버린 내 조국
말과 글 찾기 위해

소 찾아 나섰던 길로
무얼 찾아 돌아왔나

총독부 등지고 선
북향의 방 안에서

임의 이름 부르다가 눈 감은 시간들

칠십 년 세월이 흘러
감았던 눈을 뜬다

붉은 문

닫힌 길 밖으로 길은 또 이어졌다

몇 개의 붉은 말들이 담을 넘고 벽을 차고

길과 길 가로지르며

고삐를 당겼다

줄줄이 늘어선 붉은 길이 움직였다

문고리 걸어 잠근 푸른 기와 집 앞에서

광화문 붉은 언어가

길이 되고 문이 된다

독감

눈밭에서 길을 잃은 당신을 보았어

바람은 날을 세워 온몸을 그어댔고

두들겨 맞은 곳들이 부풀어 올랐어

당신을 잃느라 막혀버린 말의 문

소리 닫힌 곳에는 안개만 무성했어

모호한 경계 위에서 불안하게 흔들렸지

허공을 오르내리다 어슴푸레 보았어

당신의 몸 바깥에 두고 온 꽃과 나비

햇살은 바싹 말라서 낙엽처럼 뒹굴었어

외투

사내는 외투 속으로 몸을 밀어 넣었다
여전히 몸 안에는 찬바람이 불었다

가로등 하나 없는 길,
멀어져간 숨소리

지나간 사랑은 고독과 변명뿐
사내의 외투 속에서 머물던 시간이

스르르 풀어지면서
옷깃을 파고들었다

구름이 빠른 속도로 골목을 빠져나갈 때
사내는 따뜻하게 허물어져 갔다

오래된 슬픔 하나를
몸 밖으로 내보내면서

산벚나무의 시간

구석방 할머니는
바싹바싹 말라갔다

빛 하나 들지 않은
외딴방 한 켠에는

남루한 뿌리 하나가 검은 속살 드러냈다

파릇파릇 잎 돋았던 그녀의 일기장엔

행간을 넘나드는 바람 소리 수북하다

주름진 손에 잡히는
옹이 박힌 시간들

밑동까지 다 드러난 그녀 몸 곳곳에는

검버섯 환하게 피어

무늬처럼 새겨 있다

기억은 백발 성성한 눈발 되어 흩날린다

문

재개발 골목길에
문 닫은 문집들

문과 문 사이에서 문이 되던 문들이

하나 둘 문을 닫으며
길들이 끊겼다

말을 잃은 목구멍엔
먼지가 쌓여갔다

한 조각 달마저도
먹구름에 갇히던 날

바람만 이사 온 골목
네게 가는 문이 없다

데자뷔

우리 한번 만났던 적 있었던 것 같은데

눈 내리는 창밖에서 당신을 기다리며 언젠가 들은 적 있는 천 년 전 목소리 자꾸만 붙잡고 싶은 어제 같은 오늘의, 당신에게 달려가다 자꾸만 넘어지고 넓은 그늘 아래서 울던 소리 들려오면 가슴 한쪽 털리고 속이 텅 빈 하늘가에 언젠가 본 적 있는 계수나무 한 그루 그 푸른 나무 아래서 하나 둘씩 펼치던 꿈 언젠가 와본 적 있는 이곳에서 길 잃었네

천 년 전 당신 손잡고 걸었던 이 밀밭 길

겨울의 환(幻)

　검은 새가 다녀갔다, 서리 낀 유리창에 차디찬 그리움을 밤
새 끌어안으며 마음의 처마에 머문 새소리를 듣는다

사랑의 기억과 '사회적 서정시'

이성혁(문학평론가)

1.

서정시의 연원이 노래에서 나왔다는 것은 잘 알려져 있다. 노래는 집단적인 제의에서 처음 불렸다. 한국의 「구지가」와 같은 노래다. 하지만 점차 「공무도하가」나 「황조가」처럼 개인의 감정을 풀어내는 서정적인 노래가 불려졌다. 가락으로 풀지 않으면 안 되는 어떤 감정의 응어리가 노래를 부르게 만들었을 것이다. 한국의 첫 서정시가에서도 볼 수 있듯이 노래를 부르게 만드는 감정은 상실감이다. 남편을 잃은 백수광부의 처나 애인을 잃은 유리왕은 상실감을 어쩌지 못해 노래를 불러야 했다. 한국의 대표적인 전통 시가인 시조 역시 구멍이 뚫린 마음을 채우기 위해 가창된 것들이 많다. 많은 이들에게 사랑받는 황진이의 시조를 생각해보라. 임금에 대한 그리움을 노래한 시조 역시 상실감을 풀어내기 위한 노래다. 서정적인 노래를 연원으로 삼는 근대의 서정시 역시 상실에 따른 마음의 응어리를 언어로 풀어내기 위해 써지기 시작했다고 할 수 있다. 농으로 '행복하다면 시를 쓸 이유가 없지'라고 말할 때가 있는데, 이는 서정시의 발원이 바로 상실과 그로 인한 고통에서 비롯된다는 것을 전제 삼아 한 말이다. (물론 불행해야 진짜 시인이라는 말은 아니다. 행복하게 살고 있는 시인도 있겠고 삶과 세계의 아름다움을 노래하는 시인도 있겠다. 하지만 그들 역시 상실의 마음을 예민하게 감지하고 표현하면서 마음의 섬세한 결들을 드러내곤 한다. 그들도 서정시의 기원으로 돌아가곤 하는 것이다.)

　이송희 시인의 시집 『수많은 당신들 앞에 또 다른 당신이 되어』역시 상실감을 연원으로 하는 서정시가의 전통을 잇고 있다. 하지만 그는 시조의 전통적인 형식을 실험적으로 변형하면서 시의 현대성을 획득하는 데 게을리 하지 않는다. 그는 현실 세계를 리얼리스틱하게 투시하면서 신선한 언어 감각을 잃지 않음과 함께, 상실과 슬픔을 바탕으로 한 서정을 풀어내는 것이다. 이 시집에는 시인 자신이 화자가 아닌 시편들이 적지 않다. 실연한 청년이나 실직 노동자가 화자인 경우도 있다. 이송희 시인은 다양한 이들이 겪는 슬픔을 살펴보고 그들의 마음을 노래한다. 이로부터 한국의 현대를 살아가고 있는 이들의 마음의 초상들이 서정적으로 그려진다. 시인 자신의 서정만이 아니라 지금 이 세상의 다양한 이웃들의 서정을 그려내기 위해서는, 이들의 마음에 대해 시인이 섬세한 감수성으로 따뜻하게 관찰할 수 있어야 한다. 이 시집은 그러한 감수성과 관찰력을 보여주고 있다. 한편으로 '말'(parole)에 대한 현대적 예민성을 그의 시는 보여주기도 한다. 말 자체가 가지고 있는 효과나 의미에 대한 성찰은 시의 현대성을 갖추는 데 하나의 중요한 요건이라고 할 수 있다. 언어(language)는 세계를 숨기기도 하고 왜곡하기도 한다. 또한 그것은 인간과의 관계를 맺어지게도 하면서 변형시키기도 한다. 하지만 현대시의 말은, 언어의 한계를 넘어서기 위해 말에 대해 탐색하고 말을 변형시킨다. 이 시집의 첫머리에 실린 「암전」은 세계 상실의 서정과 말의 본질에 대한 현대적 성찰을 보여주는 시다.

당신은 캄캄하게 말을 집어삼켰어

벽과 벽을 더듬어 문을 찾아 헤맬수록 발은 더 깊이 빠져 헤어날 수 없었어 묻어버린 수사들은 기억 속에 잠겼고 꺼내려 할수록 가라앉아 버렸어 침묵은 침묵을 낳고 또 침묵을 키워갔어 사월은 화려했고 오월은 더 빛났지만 그해의 봄날은 하얗게 지워졌어 떠올리려 할수록 색은 더 지워

지고 네가 있던 풍경도 사라지고 말았어

어둠은 활활 타올라 너와 나를 삼켜버렸어

—「암전」 전문

'당신'은 시의 화자와 "그해의 봄날"을 같이 지냈던 사람이 겠다. 하지만 당신은 말을 집어삼켜 버리고, 당신과 나 사이에 는 침묵의 벽이 세워진다. 그 벽을 나와 당신과 소통할 수 있 는 문을 찾아 헤매지만, 그럴수록 화자는 늪에 빠진 듯 침묵으 로부터 빠져나올 수 없다. 이에 화자는 잃어버린 말을 찾아 기 억 속에 잠겨 있는 수사들을 꺼내려 하지만 그럴수록 그 수사 들은 가라앉아 버리고 만다. 말을 찾을 수 없으니까 당신과 함 께한 봄날의 색과 풍경도 기억에서 하얗게 지워진다. 그러자 "활활 타올라 너와 나를 삼켜버"리는 어둠, 암전이 찾아오는 것이다. 이렇게 의미를 재구성해본 위의 작품은, 역설과 아이 러니와 같은 기법을 활용하여 당신과 주고받았던 말을 잃고 는 침묵에 빠져버린 상태가 어떠한 마음을 가져오는지 보여 주는 작품이라 하겠다. 그것은 하얀 침묵의 어둠 속에서 활활 타오르는 고통이라는 역설에 '삼켜'진 마음이다. 사랑하는 이 와 나누었던 말과 기억(이미지)의 상실은 침묵 속에서 더욱 더 들끓는 정동의 변이를 가져온다. (화자는 당신 역시도 들끓는 정 동 속에 놓여 있으리라고 생각한다.) 사라진 당신이 사랑하는 이라고 할 때, 사랑을 잃고 이러한 격정과 고통의 상태를 겪어본 독자들은 위의 시를 잘 이해할 수 있을 것이다. 아무튼 위의 시는 말과 사랑의 관계를 탐구하는 현대적인 주제를 다루고 있다고 할 수 있다.

2.

이 시집엔 사랑에 대한 시편들이 많다. 앞에서 말했듯이 이송희 시인은 화자를 달리하면서 다양한 사랑의 모습들을 보여준다. 부정적인 사랑의 모습을 보여주는 시도 있다. 「데이트」 같은 시가 그렇다. 이 시에서 화자는 "사랑하기 위해서 내 발목을 잠"근 "당신의 사랑"은 "내 눈에 핏물 흐를 때/깊어"가고 있다면서 우리 시대 사랑의 한 단면을 비판적으로 보여준다. 그러나 「압화」가 보여주는 사랑은 아릿하면서 쓸쓸하고 아름답다.

장미꽃이 피어 있었어
가장자리가 환했었지

웃음을 나눴던 우린
여전히 초록이었어

시간은 멈춰 있었어
혼적으로 눌린 기억

나란히 손잡은 채
반듯하게 누워서

겹겹이 소원을 빌며
글자를 새겼어

우리는 입을 다문 채
아름답게 짓눌렸어

—「압화」전문

　"가장자리가 환"한 장미꽃처럼 피어 있었던 '우리'의 사랑은 이제 압화(押花)로만 남아 있다. 그 시절 서로 웃음을 나누웠던 '우리'는 푸릇푸릇한 초록이었다. 시간이 멈추고 아름다움만 존재했던 사랑. 파우스트가 죽기 전에 외친 "시간아 멈추어라, 너 정말 아름답구나!"가 실현된 시간이었으리라. 그렇게 '우리'는 둘만 있으면 모든 것이 채워졌던 그런 사랑을 나누었다. 화자의 아주 젊은 시절의 일이었을 것이다. "나란히 손잡은 채/반듯하게 누워서" 서로의 손에 소원을 글자로 새기는 '우리'의 모습을 보면 말이다. 이 사랑스러운 이미지는 이제 "흔적으로 눌린 기억"으로만, 즉 압화로만 존재한다. 서로 손을 붙잡고 누워서 환하게 피어 있던 '우리'는 그 시간이 멈춘 상태에서 "아름답게 짓눌" 려 압화가 되어버린 것이다. 이 압화 이미지가 아릿하고 쓸쓸한 느낌을 주는 것은, 그것이 순수하고 풋풋했던 저 사랑이 지금은 실제로는 존재하지 않고 기억으로만 존재할 것임을 암시하기 때문이다.

「바닥에 대한 단상」 역시 아릿하나 아름다운 연인의 이미지를 보여준다. 이 시에서 사랑은 가난하고 고단한 생활에 짓눌린 삶을 다시 일으키는 힘으로서 나타난다. '너'는 "팔 베고 누우면/천장이 바닥이 되고" "별빛도 숨"은 옥탑방에 거주하면서 "겹겹이 쌓인 한숨"을 쉬며 살아가고 있다. 가난으로 인한 생활고 때문에 나오는 한숨일 것이다. '옥탑방 바닥'은 "한없이 꺼져만" 간다. 화자는 그러한 너의 "한숨을 하나씩 거둬"내면서 "내 무릎을 받아주던 너를 끌어안"는다. 그 사랑의 포옹으로 아름다운 반전이 일어난다. '너'의 가장 힘든 처지를 상징할 바닥이 "부스스 일어나/길이 되기 시작"하는 것이다. 사랑은 고난을 삶의 지렛대로 만들어준다. 사랑의 힘이다. 「바닥의 계보」에서도 시인은 "그녀의 바닥은 살얼음이 깔려 있다"면서 '바닥' 이미지를 등장시킨다. 「바닥에 대한 단상」에서의 바닥보다도 더 위태한 상태의 바닥이다. 또한 화자는 그녀가 "막다른 골목 끝에서 길이 되고 싶었을까"라고 하여 바닥을 길의 이미지로 전환시키려고 한다. 그렇게 바닥이 길이 되기 위해서는 사랑의 포옹이 필요한 법, 그러나 사랑을 얻지 못하고 외롭게 살아가는 이들이 더 많다. 「바다의 계보」의 '그녀'도 길을 만들지 못하고 "몸이 허공에 나부"끼면서 "깊어진 어둠 속으로 울음을 비워"내고 있는 것이다.

　이송희 시인의 시적 시선에는 사랑하는 사람들뿐만 아니라 「바다의 계보」의 '그녀'처럼 사랑을 잃어 외롭고 슬픈 사람들도 자주 포착된다. 「터미널」은 "마지막 자존심으로/그를 돌아나왔던 밤", "수없이 떠났지만 한 번도 못 떠난 곳"을 정말로 떠나고자 하는 인물을 조명한다. 이 시의 화자에게도 길은 없다. "눈물이 가자는 대로/그저 몸을" 싣고 있으니 말이다. 「카니발」은 "당신이 떠난 자리" "부표처럼 떠 있는" 이를 조명하는데, 화자는 당신과 함께한 '시간들'이 "도무지 안 열리는/자물통"이 되어버렸다고 탄식한다. 아래 시의 '사내' 역시 사랑을 잃어버린 자다.

　　　사내는 외투 속으로 몸을 밀어 넣었다
　　　여전히 몸 안에는 찬바람이 불었다

　　　가로등 하나 없는 길,
　　　멀어져간 숨소리

　　　지나간 사랑은 고독과 변명뿐

사내의 외투 속에서 머물던 시간이

스르르 풀어지면서
옷깃을 파고들었다

구름이 빠른 속도로 골목을 빠져나갈 때
사내는 따뜻하게 허물어져 갔다

오래된 슬픔 하나를
몸 밖으로 내보내면서

　　　　　　　　　　　　—「외투」 전문

'사내'의 사랑은 지나가 버렸다. 사랑하는 이의 숨소리는 멀어졌다. 실연한 사내 앞에 놓인 길은 "가로등 하나 없"어서 길의 역할을 하지 못한다. 그는 어디로 갈지 모른 채 아직 사랑의 미련으로부터, 그 실연의 슬픔으로부터 벗어나지 못하고 있다. 그 사랑했던 시절의 시간이 "사내의 외투 속에서 머물"고 있는 것이다. 위의 시 후반부는 이 사랑했던 시간이 빠져나가는 순간을 그려낸다. "골목을 빠져나"가는 구름이 바로 "스르르 풀어지"는 외투 속의 시간. 이 시간이 풀어지면서 사내의 외투 속에서 빠져나가자 그는 비로소 허물어질 수 있게 된다. 사랑의 기억이 지금까지의 사내를 지탱했기 때문이리라. 하지만 그 기억은 고통과 고독의 슬픔을 불러일으킬 것이기에 사내의 몸 안에 찬바람이 불도록 만들었다. 그래서 실연이라는 "오래된 슬픔 하나를/몸 밖으로 내보내면서" 사내가 허물어져 갔을 때, 비로소 그는 따뜻해질 수 있었던 것이다.

3.

위에서 읽은 이송희의 시들은 시조 형식의 변형을 통해 현대인들의 삶, 특히 사랑을 잃은 자들의 아픈 마음을 서정적으로 표현해내고 있다. 시조 형식이 현대인들의 서정을 자유시 못지않게 충분히 드러낼 수 있음을 보여주고 있는 것이다. 그런데 그 시들에서 엿보이는 것은 예민한 시간의식이다. 소개했던 시들은 잃어버린 시간에 그 초점이 맞추어져 있다. 사랑의 영원한 시간이 있었고 지금은 그 시간을 상실한 상태다. 이 상실로 인한 슬픔과 쓸쓸함이 이송희 서정시의 색채를 만든다. 「우편함」, 「시간의 문」, 「산벚나무의 시간」 등 노인의 삶을 조명하는 시에서도, 제목에서 알 수 있듯이 초점은 시간에 맞추어져 있다.

구석방 할머니는
바싹바싹 말라갔다

빛 하나 들지 않은
외딴방 한 켠에는

남루한 뿌리 하나가 검은 속살 드러냈다

파릇파릇 잎 돋았던 그녀의 일기장엔

행간을 넘나드는 바람 소리 수북하다

주름진 손에 잡히는
옹이 박힌 시간들

밑동까지 다 드러난 그녀 몸 곳곳에는

검버섯 환하게 피어
무늬처럼 새겨 있다

기억은 백발 성성한 눈발 되어 흩날린다

—「산벚나무의 시간」 전문

이송희 시인은 곧잘 가난한 이들의 삶에 시의 촉수를 갖다
댄다. 「바닥에 대한 단상」에서 천장이 바닥인 옥탑방에서 살

고 있는 '너' 역시 가난한 이였듯이 말이다. 위의 시에서 조명을 받고 있는 이는 '구석방 할머니'다. 그녀는 아마 '외딴방'에서 홀로 살고 있는 독거노인인 듯하다. 위의 시는 그녀를 제목의 '산벚나무'로 상징화하여 표현한다. "남루한 뿌리 하나가 검은 속살 드러"낸 오래된 산벚나무. 산벚나무의 옹이는 저 할머니의 손 주름이다. 이 주름은 나무의 옹이처럼 세상 속에서 상처 입으며 살아온 그녀의 시간들을 표현해준다. 그녀 역시 "파릇파릇 잎 돋았던" 시절을 살았다. 하지만 그 시절을 기록한 일기장의 행간에는 "바람 소리 수북"할 뿐이다. 그녀는 기억마저 "백발 성성한 눈발 되어 흩날"리는 삶을 살고 있다. 하지만 시인은 그녀의 몸에서 어떤 아름다움을 읽기도 한다. 살아온 시간을 표현해주는 '검버섯'을 환하게 핀 '무늬'로 표현하고 있는 것을 보면 말이다. 파릇한 시절을 저 멀리 두고 이젠 "밑동까지 다 드러난" 채 홀로 늙어가는 노인이지만, 그녀의 몸 안쪽에서 살아온 시간이 마지막으로 피워내는 검버섯은 눈부시게 만드는 무엇이 있다. 이렇듯 이송희 시인은 절망적인 상황에 놓인 이의 삶에서 어떤 삶의 힘과 아름다움을 발견하려고도 한다. 옥탑방에 살고 있는 '너'의 사랑으로부터 삶의 힘을 발견했던 것과 마찬가지로 말이다.

홀로 늙어가는 노인들로부터 그들의 삶이 살아온 시간을 가슴 아프게 표현하는 것에서 볼 수 있듯이, 이송희 시인은 세상으로부터 소외된 이들에 주목하고 그들이 잃어버린 시간으로부터 서정을 길어 올린다. 이와 함께 그들의 삶을 고통스럽게 만드는 사회의 문제를 부각시킨다. 그래서 이 시집에서 '사회적 서정시'라고 이름 붙일 만한 시들을 많이 읽을 수 있다. 아마도 시인이 시조의 형식으로도 사회 문제를 리얼리즘적으로 담아낼 수 있음을 보여주려고 시도하는 것이 아닌가 한다. 리얼리즘 시조의 가능성을 시험해본다고 할까. 특히 시인은 아동 학대나 학교 폭력의 문제를 형상화하고 있다. 「인형놀이」는 "바닥에 던지고 발로 밟"는 아버지의 폭력에 의한 아이의 공포를 생생하게 묘사한다. 「열리지 않는 가방」은 부모로부터 도망치기 위해 "내 몸을 돌돌 말고" 큰 가방 속으로 숨어 들어가서는, '반쯤 열린 지퍼 너머 세상을 바라'보면서 "들키지 않으려고 몸을 납작 엎드리"는 아이의 기막힌 상황이 그려진다. 아이는 폭력에 속수무책인 약소한 존재자다. 특히 부모가 폭력의 주체면, 부모와 같이 살아야 하는 아이의 삶은 그야말로 지옥이 되어버린다. 타인의 고통을 조명해온 한국시가 그렇게 학대 받고 고통 받는 아이들에 대한 형상화가 그다지 이루어지지 않았다고 할 때, 이송희 시인의 이 시들은 주목할 만하다.

　한편 노동자의 힘겨운 삶을 그리고 있는 시들 역시 주목된다. 노동은 우리 사회에서 여전히 가장 첨예한 문제이다. 노동은 삶의 구체적인 현실과 연결된다. 한국문학은 노동의 문제에 치열한 대응과 모색을 해왔다. 하지만 21세기 들어와서 한국문학의 주류는 이러한 노동 문제에 대한 문학적 관찰과 성찰을 중요시하지 않아 왔던 것이 사실이다. 이 시집의 특징 중 하나는 노동자의 삶을 시조 형식을 통해서 리얼리스틱하게 형상화하기 위한 시적 모색을 하고 있다는 점에 있다. 「엑스트라」는 "구부정한 길들이 우거진" 삶의 무대에서 "침침한 눈으로 겨우 꿰맨 하루하루"를 사는 일용직 노동자의 삶을 그려낸다. 「꽃잎의 시간」은 "한평생/노동의 새벽"인 어떤 노동자의 "끝끝내 못한 말들/강물에 뿌려"지는 죽음을 보여준다. 또한 아래의 시는 해고 노동자의 현실을 시화한다.

지나간 길들을 되묻지 않기로 했다
부정하면 할수록 빠져드는 모래의 늪

해고된 통지서 위로
한숨이 흘러내렸다

맨발에 와 닿는 까칠하고 매서운 감각

산산이 날아간 마음,
발 시린 시간들

바람은 길의 자국을 순식간에 지웠다

바다의 기억 품고 잠이 든 모래알은
허기지고 마른 밤들을 잊고 또 잃었을까

저 멀리 떠나간 사랑이
신기루로 떠 있다

모래바람 속으로 사라져간 낙타처럼
온몸에 가시 세우며 붉은 능선 따라간다

길들은 다시 넘어져
사막으로 눕는다

—「사막의 표정」 전문

   '해고는 살인이다'라는 구호가 있듯이, 노동을 하지 않으면 먹고 살 수 없는 이들에게는 해고는 살아온 삶이 통째로 부정당하는 것과 같다. 해고가 일으킨 '바람'이 지금까지 살아온 "길의 자국을 순식간에 지웠다"라고 화자가 말하고 있듯이 말이다. 화자가 조명하는 노동자는 여러 희망과 계획을 가지고 살아왔을 것이다. 하지만 그 마음은 "산산이 날아"가 버렸고, 살아온 "길들은 다시 넘어져/사막으로 눕는" 것이다. 해고 이후 사막이 된 삶의 길. 상황을 "부정하면 할수록 빠져드는 모래의 늪"에서, 맨발이 된 발아래는 "까칠하고 매서운 감각"을

115

일으키는 '모래'만이 있을 뿐이다. 상황은 절망적이다. 그는 해고 노동자의 눈앞에 신기루로 나타나는 "저 멀리 떠나간 사람"처럼, "온몸에 가시 세우며" 사막의 "붉은 능선 따라"가는 '낙타'가 되어 "모래바람 속으로 사라져"가야 할 것이다. 그런데 "저 멀리 떠나간 사람"은 누구일까? 아마 그 역시 해고된 노동자로 삶을 접게 된 사람 아닐까.

하지만 이 사막 역시 원래는 풍요로운 바다가 있었던 곳, 이송희 시인은 해고 노동자의 발아래 모래알들이 "바다의 기억 품고 잠이" 들어 있다고 표현함으로써 이 상황 속에서도 어떤 희망을 포기할 수는 없다는 입장을 보여준다. 모래알들이 잠에서 깬다면, 다시 푸른 바다의 기억을 되살릴 수 있을 것이고 바다의 삶을 되찾고자 하는 삶의 의지를 가질 수 있기 때문이다. 다시 말해서 절망적인 삶을 그래도 살아갈 수 있도록 만들어주는 것은 바로 저 푸른 시절에 대한 기억이다. 이송희 시인이 시간의 문제, 기억의 문제에 시적 사유의 닻을 내리고 있는 것은 이 때문이다. 하여 시인은 「흑백」에서 "희미한/기억 속에서/나를 자꾸 찾았다"고 쓴다. 이 시는 시인이 1980년 광주의 5월에 삶을 마쳐야 했던 이들의 무덤을 다시 찾아간 후 쓴 것으로 보인다. 시인은 "여전히 그곳에는 꽃이 활짝 피어 있다"면서, "당신의 무덤에서 걸어 나온 사람들"과 "악수하며 눈 맞추며" 죽은 이들에 대한 기억을 되살린다. 여기서 기억은 한 사람의 개인적인 문제만이 아니라 사회적 사건에 대한 문제로까지 확장되고 있는 것, '사회적 서정시'는 이러한 집단적이면서도 전형적인 기억으로부터 서정을 길어 올린다고 할 것이다. 이 「흑백」 역시 사회적 서정시로서의 이송희 시의 면모를 잘 보여준다. 그리고 이 사회적 서정시는 바로 잊히고 있는 사회적 기억들을 담아, "바람 한 점 흐르지 않고/소리는 닫"(「흑백」)힌 현재의 상황에서 우리의 삶이 지니고 있는 사회적인 힘을 보존한다. 그리고 여기에 이송희의 시와 같은 사회적 서정시의 그 사회적·문학적 존재 의미가 있는 것이다.

4.

위의 장에서 '사회적 서정시'라는 개념을 썼지만 개인적인 것과 사회적인 것은 무 자르듯 분리할 수 있는 것이 아니라 서로 얽혀 있다. 사회적 서정시는 개인의 마음을 사회적인 측면에서 접근하여 표현한다는 의미이지 한 사람 한 사람 개인만이 가지고 있는 독특한 마음을 무시한다는 의미는 아니다. 사회적 서정 역시 개인의 서정을 통해 표현하는 것이다. 개인적 서정은 사회적인 것을 바탕으로 하며 나아가 전 인류가 겪어왔던 인간학적인 마음을 표현한다. 실연의 아픔을 표현하는 개인적 서정시와 사회적 서정시는 모순되지 않는다. 이 시집도 사회적 서정시의 면모를 보이는 시와 함께 이 글의 2장에서 보았듯이 잃어버린 사랑과 관련된 다수의 개인적 서정시를 보여주고 있다. 이 서정시들은 저 오래된 서정시의 연원과 맞닿은 시들이다. 그리고 이 시집이 보여주는 두 성격의 서정시들에는 시간의식을 바탕으로 한 기억이 그 중심에 놓인다. 과거에 대한 기억이 서정의 추진력이 되고 있는 것이다. 이송희의 시편들은 서정시의 연원에서부터 형성된 전통을 이어가면서도 현대의 사회 문제를 서정적이면서도 리얼리스틱하고 표현해내고 있다는 점을 확인하면서 이 글을 마치고자 한다. 글 전체의 마침표를 찍기 전에, 마지막으로 내가 아름답게 읽은 시 한 편을 독자와 함께 다시 읽어보고 싶다.

> 그녀의 빈방에
> 검은 눈이 내린다
>
> 하염없이 앉았던 자리 덮고 또 덮으며
>
> 이 밤을 다녀간 것은
> 작고 흰 발자국
>
> 막 태어난 그리움은 허공에서 자란다
>
> 얼음이 된 사랑과

물이 된 그리움

사르르 녹아내리는

화석이 된 울음을

—「첫눈」 전문

이 도서의 국립중앙도서관 출판시도서목록(CIP)은 서지정보유통지원시스템 홈페이지
(http://seoji.nl.go.kr)와 국가자료공동목록시스템(http://www.nl.go.kr/kolisnet)에서
이용하실 수 있습니다.(CIP제어번호: CIP2020009167)

시인동네 시인선 124

수많은 당신들 앞에 또 다른 당신이 되어

ⓒ이송희

초판 1쇄 인쇄   2020년 3월 9일

초판 1쇄 발행   2020년 3월 16일

    지은이   이송희

    펴낸이   고영

  책임편집   이리영

    디자인   헤이존

    펴낸곳   문학의전당

  출판등록   제448-251002012000043호

      주소   충북 단양군 적성면 도곡파랑로 178

      전화   043-421-1977

  전자우편   sbpoem@naver.com

      ISBN   979-11-5896-459-7   03810

＊이 시집은 2018 아르코문학창작기금을 지원받아 발간되었습니다.